풀씹이라는 말에서
별 내음이 난다

김성철
시집

백조

시인의 말

고백이란 말을 지워야지

흔한 인스턴트쯤으로 여겨야지

저렴한 육즙 밴 말로 치부하며
한 번도 가 보지 못한 동네에
감춰야지

지번도 없고 문패도 없는
마당에 숨긴 채
고백 없는 사내가 되어야지

텅 빈 전자레인지나 돌리며
당신에게 감사하단 말을 전해야지

김성철

목차

1부

2부

3부

4부

1부

단한

옷 입고 나가려다

갈 곳이 없다는 걸 알았다

갈 곳이 없고 만날 사람이 없고

누군가에게 물을

안부가 없다

계절을 바꾸는 비

계절을 바꾸는 비가 내리고 있어요 몽골고원에서 발
원된 기압골이
　모래사막을 지나고 요동을 거쳐 남하했다죠
　안장 없는 말 등에 오른 몽골군처럼 비는 어제의 계
절을
　사정없이 쳐내고 있네요

나는 밀려나는 계절에 올라탔을 뿐이에요
기압골은 날카로운 빗소리를 허공에 그으며 처참하게
몰아치고
방향을 잃고 풍향을 잃은 나는
말발굽 소리에 쫓기며
계절을 따라 떠돌죠

한때 덩치 키웠던 계절은
따귀 맞은 사내처럼, 한탕질 실패한 거간꾼처럼

결국
웅크린 채 소멸을 기다리고 있어요
몽골에서 발원된 비가 소멸을 쏟아붓고 있네요

내일이면 계절이 낯을 바꾼다고 해요
폭염이 한기로, 한기가 냉기로
나는 또 어디로 숨어들 수 있을까요?

빗줄기 사이로 지난 계절의 열기가 불어오네요
계절이 품은 그리움, 지난 계절 당신의 변명이 기억나
지 않는 밤
계절을 바꾸는 비가 내리고요
나는 지난 계절에 올라타
떠날 아니, 떠났을 계절만 생각하고요

붉은 꽃을 놓지 말아요

엄마, 가슴에 붉게 꽃이 폈네요
총부리에서 건넨 꽃이 환하게 폈어요
뜨거운 가슴이 사랑을 앓는 듯해요
어쩌면 나도 모르는 열병이 순식간에
폈나 봐요

엄마, 가슴을 꽉 채우는 이 뜨거움은
뭘까요?
막내는 여전히 골목을 돌고 뛰고
어리고 어린 동심 풀고 있나 봐요
막내를 잡아 두세요 꽃은 옮고 옮아
눈물로 핀대요

엄마, 혁명이 자유가 가슴에서
불타올라요
가슴이 불에 오른 것마냥 뜨거워요

차가운 총부리에서 옮아 온 꽃은 붉고 붉어서
눈물도 사랑도 말랐어요

막내가 가슴 꽃을 보고 울어요
붉은 꽃은 왜 눈물로 필까요
내가 부르는 자유와 평화와 푸름이
막내 눈물 덮을 때까지
붉은 꽃*을 내 무덤에 놓지 마세요

---

* 미얀마에서는 붉은 꽃이 조화弔花로 쓰인다.

그 집엔 오래된 풍경화가 걸려 있다

그 집엔 오래된 풍경화가 걸려 있다 거울엔 그 집 나이만큼의 금이 나 있고 그 위에 나란히 붙은 투명 테이프 소파엔 앉기만 하면 옛날이야기가 나올 것 같은 먼지가 숨어 있다 난로 위 찜통에선 안개보다 허연 김이 피어오르고 천장 구석구석 거미네가 살고 있다 이발사는 오래전부터 머리카락이 없다 나이를 차곡차곡 쌓아놓아도 머리카락은 하나도 쌓이지 않았다

이발사는 항시 기억을 잘랐다 가끔 한눈팔이 가위질에 상처가 생기고 내 유년의 방황은 그렇게 이발소 땜통으로 마무리되어지기도 했다 성큼성큼 기억이 잘리고 악몽이 잘라지면 머리엔 바가지가 얹어졌고 이발사의 헛기침이 나오면 망울망울 피어오르는 비누 거품 날선 면도칼이 목울대 훔쳐도 아프거나 무섭기보단 키득키득 실웃음이 터져 나오는 이발소 그곳엔 런닝구와 고무신을 신고 들어가도 좋으리라

그 이발소엔 내 나이보다 더 많은 편안과 많은 이들

16

의 기억의 풍경이 쌓여 있다 느티나무 한 그루와 그보
다 더 긴 세월을 지닌 풍경화가 걸려 있는 것이다

궤적

바다엔 길이 있어 길을 놓치면 길을 잃지

길을 잃으면 바다는 거대한 공포를

거대한 억눌림을 준대

숨비소리는 잔인한 바다의 숨통이었겠지

바다 포말을 밀고 올리고

숨 멈춘 채 더 오래 숨 멈추는 거 말이야

육지에선 사망이었다고 말했다나 봐

길 따라 내려선 이

육지에 오르면 멀미약을 마시고

바다에선 죽음의 시침을 자꾸 늘리는

그즈음 풀려난 고래가

적도의 바다로 향했다지

긴 숨비소리만이

차디찬

바다의 궤적을 쫓았다지

결이라는 말

아랫목에서 피었다 윗목으로 옮아가는 말
저기에서 오고
여기에서 다시 저기로 가는
붉은 말
탄성을 짊어졌으나
곧 뼈대만 남을 말
당신이란 말에 결을 주었다가
앙상한 골격만 드러나는 말
빈 제실에 허망하게 드러눕는 볕이
우리였다가 너였다가 나로 남는 말
등을 벌써 보이는 말
허방으로 무장한 높고 외롭고
쓸쓸한

김제평야

쌀알의 눈에 눈을 맞추면
들녘 바람과 논두렁에 널린 볕과
우두커니 서서 내리는 비와
흙 딛는 농부의 장화 소리가

그러다 한쪽 귀퉁이서 후루룩
참
들이키는 소리
쳐다보면
유석 형이 입 안 가득 문 김제평야가
까맣게 익은 채
맛있게 씹히고 있지

어느 흐린 계절

집이 멀다
지구를 한 바퀴 돌았는데도
집이 멀다

내 집은 한 바퀴를 돌고 돌아도 멀다

그 먼 행성

도달해야만 하는 행성은
또 멀고 멀어
가늠하지 못하는 시간

시간이 계절을 헛돈다는 느낌

아무래도 이번 생의 계절은
빈집 같은 계절

집이 멀고
집이 참 멀고
뒤돌아 갈 곳은
없고

빨래를 걷고 거기 있었던 빨래가 있었던가

어느 날부터 시가 분이 초가 멈췄어요
나를 물을 때마다 부재중이었고요
오류가 내게만 일어난 것처럼
고장이 이 집에만 일어나는 것처럼

빨래집게는 언제나 빨랫줄에만 걸려 있었죠

나를 잊고 나를 다시 찾았을 때
나는 매달려 있었네요
놓지 못하는 무언가를 꽉

시작은 어디에서 시작됐을까요?
나는 모르는 물음을 물고 있었죠
답도 모른 채 지향적으로
무언갈 묻고 또 묻는

나를 문 채 허망하게 꽉 다문
입
몸엔 당신 잇자국이 홍건한

사념의 시간

벌목꾼은 바람의 질량과 햇볕의 각도로
도끼질의 방향을 정한다지

바람과 해를 품은 방향일수록 단단하게 여몄다는데
나는 어느 쯤이 단단할까? 밥벌이를 위한 손쯤일까?
당신을 품은 가슴쯤일까?
이도 저도 아닌
온몸을 지탱하는 앙상한 다리쯤일까?
밥벌이는 뜸하고 밀린 것들은 자꾸 늘고

당신은 태양을 막 돌고 돌아
수성을 지나 명왕성으로 향하고
지구에 떨궈진 나는
자전의 속도로 돌고 돌고

이 허하고 허한 시간

고래

물질하는 꼬리는 날 세운 수평선
곧게 붙인 지느러미는 양손으로 매만진 할머니의 쪽
머리
꼬리부터 올라온 몸통은 힘줄 돋은 활시위
아래턱부터 새긴 수염은 용마루에 오른 이엉
굳게 다문 입은 장사꾼의 닫힌 전대
먹이 향해 벌린 입은 해를 삼키는 벼락
물길 가르는 몸통은 하늘 찌르는 죽순
물 품는 숨구멍은 가득 찬 곳간 푸는
가뭄의 선량한 조선 선비

한낮 적도 오르는 고래가
물살 가르며 하늘에서 반짝

외면하는 대면

모르는 사람을 앞에 두고
하소연했으면
앞에 앉은 이는 날 모르니
내 말도 모를 테고
나는
엉엉 울며 모든 걸 털어놨으면

거짓과 위선을 먼저 털고
가식과 치장을 이야기하고
약함과 허울된 성을 주절거리며
앞 이의 눈에 눈을 맞추면

공감 없는 눈빛을 마주하며
내 생이 틀렸음을 자각하고
이 생이 어서 빨리
저 생이 되었으면

묵직한 나를 죄다 말로 뱉어
열 근쯤으로 변한 나를 끌고
집으로 돌아가
집에 없는 당신에게 요즘의 날
발가벗어 보여 주며
신나게 떠들었으면

자꾸 육신은 더뎌지고
마음은 더더욱 철없이
빈정거리고

빈정빈정
나는 날 버리고

깨지 않는 잠

슬픔은 무겁다
감정의 끝에서 바닥을 향해 곤두박질치는

저 끝에서 또 놓았다고
나는 지붕을 잃고 벽을 잃는 소리를 수화기로 들었다

긴긴 세월을 면도칼로 긋는,
내가 무슨 말로, 무슨 글로
이것을 전할까?

나는 너와 같다고 할까?
나는 너와 다르다고 할까?

네 면도칼의 날이 시퍼렇게 다가오는 밤
날 서린 아니 날 꺾인
네가 잠시 꿈에 들렸었다

꿈꾸는 동안 들어왔다 나가는 네 뒷모습만
노려봤다

유성

낙타를 기다리고 있어
사막 횡단하는 낙타를 본 적 있니?
안드로메다 향해 달려가는 그 거대한 물혹
물관 따라 올라온 원형의 흙덩이들이
푸른 꼬리 흔들며 밤하늘 건너는.
나는 희망을 말할 거야

낙타는 모래 사구 걸으며 거센 숨을 토하겠지
발굽에 튕긴 모래들 허공에 촘촘히 박힌 채
지구의 밤을 읽으면
나는 손바닥 펴 모래 사구의 뜨거움을 만질 거야
손금 안에 펼쳐진 유성을 붙잡고
내 심장을 만진다면
좀 더 뜨거운 외로움을 만질 수 있겠지

유성을 기다리며 휘파람을 불어

수신호가 닿지 않는 사막
어디선가 들리는 낮은 음색의 휘파람을 따라
낙타는 걸어올 거야
내 손안에 걸어 들어올 낙타
안드로메다 향해 가는 카멜색
심장의 북소리가
손금 위로 쿵쿵

인왕제색도

폭우 그치자 암봉巖峯은 제 몸에 스며든 먹물을
북북 긁어내리고 있었다
기암의 습진 굴곡 사이마다
채 흘러내리지 못한 빗물이
암석의 묵은 때를 벗기고
안개는 인왕의 발목 감아올리며
튼실한 등을 내보이고 있었다
오랫동안 덧칠된 상처들이
빗물에 퉁퉁 불은 채 속살 허옇게 드러내고
나는 기암의 흉부 속으로 걸어 들어간다
감추었던 생의 굴곡을 파헤치는 짧은 보폭
상처에 늘 먼저 손이 가는 법
그의 심정도 그랬을까?
명치끝이 아련하게 아프다
붓을 든 노 화백의 농담이 살아나
나의 발을 타고 올라와 점묵법의 획을 긋는다

붓놀림 따라 기지개 켜는 나무들
솔방울의 화음이 귀를 적신다
출입 통제되었던 야생이 무릎을 치고
척추로 올라와 뿌리내리기 시작한다
산수화가 폐부 깊숙이 숨은
굵은 가래를 뽑아 올린다
나는 민홀림기둥 바위에 앉아
겸재의 화폭에 대해 생각한다

辛未 潤月 下浣.*

---

* 인왕제색도(정선의 그림)에 새겨진 '신미년 윤월 하순'.

2부

별일

—별일 없지?

—응……, 별일은 뭘까?

—밥이나 한 끼 하자. 우리 밥 먹은 지 오래다.

한참 울었다

우리는 오래다

염병스런 열병 1
—사랑에 관한 흔한 기억

　무엇을 해야 하나? 행동의 반경은 어떤 제스처를 지녀야만 하나?

　사랑이 떠났다. 떠났다라는 말의 반대말은,

　쉽다. 쉬운 것들이 성곽을 무너뜨리고 독자적인 세계를 허물지.

　그런데 쉬운 게 어디 있을까?

　당신을 잃은 이 기운들.

　어쩌면 당신 등만, 당신은 나의 뿌리만.

　사랑해라고 말하면 코웃음 치며 박장대소할지도 몰라, 당신은 잔인하게 뜯고, 찢고, 우는 것.

당신들은 왜 웃기만 하니? 너의 웃음을 기억해.

무너지기로 한다. 불에 데면 소리를 지르고, 찔리면
비명을 지르고,
  자라나는 아무 말도 자르지 않기로

흔하다. 당신이란 말은 왜 그렇게 흔한 건지.

보이지도 않는, 잡을 수도 없는, 맡지도 못하는

염병스런 열병

제행諸行

달은 벌써 지쳤나 봐
네 눈빛도 보지 못한 채 고개를 꺾었지

당신은 하얀 단발을 이고서
졸고 있는 달빛을 걷고 있어

달빛의 하얀 잠이
당신과 나의 발자국에
그득그득 쌓이면

푸른 날것과 푸른 빗물과
푸른 당신이
발목까지 차올라 나를 하얗게 물들이지

나는 하얗게 물든 당신,
당신은 단발을 인 하얀 달빛

그제야 잠에서 깬 달은

하얗게 물든 나와

하얀 달빛의 너가

지천으로 널린 들녘의 밤을

깜짝 놀라

바라보겠지

지금, 장마

비 내리는 창에 앉아 눈을 생각해
꽁꽁 언 세상을 바라보다
저 눈을 닮은 네 눈을 기억해
눈 속에 담긴 나를 생각하고
네가 신은 파란 샌들을 생각하지
생각은 겨울로 갔다가 여름으로 오고

지붕 위에 얹은 어금니를 떠올린다
내 나이만큼 같이 늙어 있을 너를 생각해
생각에 생각이 얹고
얹은 생각 위로 또 생각이 얹어질 무렵
억수 같은 비가 내려
그 비를
호젓하게 가로지르는 쓸쓸함

내일은 일찍 일어나 전화를 해야지

내가 듣는 빗소리를 고스란히 담아
네게 전해야지

억수 같은 비가 내리고
꽁꽁 언 네가 쌓이고 쌓여

거스러미

거스러미가 나를 망가뜨리는 것 같아
손끝 아니 손톱 아래에서 일어나
자꾸 뒤흔드는

나의 개인사에 대해선 묻지 말길 바라
다른 대안은 없었으므로
오로지
당신

진짜라는 말이 농 아닌데 왜
농담인 줄 알까?
진심은 어디쯤에서 내팽개쳐진 걸까
당신이란 말이 당신들에게서는
우습다

본질에 대해 나는 말한 적 없었으므로

신경질적인 이 아픔에 대해서도 말한 적 없다

아프다는 말을 꺼낸 적이 없었으니
나는
아프지 않았다라고 말할 수 있다

거스러미가 일어난 저녁
손끝의 내가 나를 뒤흔들고
멀리서 나를
보지 않는 당신은
쌀뜨물처럼
뿌옇다

감기

언제 들어와 있었나요
온기 없는 빈방
엉덩이 시리지 않았나요
괜찮았다면 다행입니다
궁핍한 생이 손금 타고 올라와
운명선 위에 앉아 버렸어요
너울너울 굳은살 박여 가는 희망은
달빛만으로 고열을 내고 있습니다

당신 탓이라뇨
쓸데없는 자책은 하지 마시길.
때론 옮아오고 앓아누워도
공명 있는 목소리
그 덕에 개운죽은 비음 따라
뿌리 내려요
뿌리는 유리병 크기만큼 동심원을 그리는 걸요

당신도 뿌리내려도 좋습니다
나나 당신이나
아픈 건 마찬가지니까요

세계사를 바라보는 개인의 입장

당신이란 개념이 나를 무너뜨리는 것 같아
당신은 영역을 뺏는 서구 같고
영역을 뺏긴 채 민족에게 총부리 겨누는
밀정 같아
나는 나치의 강을 건너는 순박하고 순박한
유태인처럼 치장을 했을 뿐
21세기는 20세기를 건넌 수고라고 말할 뿐이야

나는 게으르고 현실을 모르지
현실은 나와 당신의 소통을 가르는 갈망
소통과 갈망 또는 갈망과 소통

시는 밥벌이를 못 한다

나는 왜 피아노를 배우지 않았을까?
가난하다는 엄마의 고백처럼 나도 가난했다

가족력이 가난이라는 생각
나는 가난하니 당신을 사랑할 자격 또한
가난이다

징벌이 지긋지긋하게 아니
가난이 징벌처럼 가난가난하게

풀밭이란 말에서 달 내음이 난다

짧다는 것을 알기 시작했다
나는
당신에게서 짧고
시간에 짧고
세금계산서에 짧다

풀밭이란 말에서 달 내음이 난다

나는 흔한 풀이고
흔한 풀이 받는 달빛이고

달빛이 세리가 되어
허락되지 않는 세금을
징수하는 일

나는 현세의 세입자

어느 날
당신의 말마다
독한 소주 향이 났다
당신도 나를 따라
세속적이라는 말

쌓이는 세속이 나도
모르게 쌓이고 쌓인

내가 쥔 세계

소식이 없으시네요

나는 소식이 없다
소식이 없으니 역사 또한 없다

오늘은 늦게

늦게라는 말에서 당신의 온도가
느껴졌다
온도는 빛의 투과와
당신의 감정선이 나란하다는
증언

나란하니
우리는 참 멀다

내가 쥔 세계 중 당신은

멀고 멀어

멀다

이쪽, 장마

할 일이 없으니 당신 잊고선
풀빛에 온몸을 맡겨야지

풀잎이 들이는 수관만큼
물들이고서는
내 이름마저 잊어버려야지

이름도 잊고 당신도 잊었으니
생의 업이 없어
바람의 무게만큼 나이를 들이고서는
늙어야지

어느 날,
장마전선처럼 불쑥
당신이 내게 들이치면
나는

할 일도 잊은 채 당신이나 잃어버려야지

정체된 비구름을 이고선
꾸덕꾸덕 말라 가야지

적막한 그림자

당신은 적막함을 마시는 거야

적막, 적막, 내게
적막이 있었기는 한 건가

일곱 살 흰 바람벽에 공만 던졌다
빗물 먹은 공 자국이 가득 찰 때도
집 나간 당신은 소식 없었다
아무도 없는 집
핀 꽃들은 죄다 회색빛으로
멍들었다

잇자국 짙게 문 필터를 당신은 늘
거칠게 비볐다
담배 연기는 왜 그리 환장하게
곧게 뻗을까

날 보며 가끔씩 흘리는 웃음에서
그립다는 말을 십 대처럼
독살스럽게 뱉었다

시를 가르치던 선배가 시를 읽다
울었다
나도 따라 울었지만 당신은 울지 않았다
수술한 당신 배를 감싸 안고 또
울었으나
당신은 차갑게 혀를 찼다

지나온 그림자들을 불러 당신이란 이름을 붙인 밤

이국의 당신이 새벽
전보를 친다
적막이 내게 흘러간다고

이국의 말을 붙잡고 이국의 적막을 인 밤
나는 적막이고 적막이 흥건하고
까맣게 그슬린 적막이 살아 움직이고

오후 2시

아무도 없는 방에 전화라도 주실래요
텅 빈 방 안엔 고구마순만 요동치네요
그렇게 고구마순만 바라보다 보면
꺾인 줄기에서 피어오르는 고구마의 삶을 봐요
투명한 페트병 따라 동심원 그리는 뿌리

뿌리는 꼭 쥔 채 무얼 기다리고 있을까요?
꺾인 줄기에서 다시 오르는 고구마순은
화엄에 오르고 있어요
가파른 계곡 짚고 서서
2평 남짓한 방 짊어진
창틀 위 푸른 손

당신은 고양이를 닮았어요
오후 2시, 햇볕 널린 담벼락 사이를 조심스레
오르내리는 새하얀 고양이

만지려 들면
꼬리 세워 뒤돌아서는

고양이 덩치만 한 그늘이 빳빳하게 마르면
잘 개켜서 서랍장에 넣을 수 없을까요?
녀석은
밤이건 낮이건
바라보며 울부짖고 갈갈대며
혼자서도 거뜬합니다
잠시만,
누군가 왔어요

아무도 아니었어요
지나가는 아이들의 장난이었겠죠
기대했었는데
오늘 같은 날은 상처받기 쉬운 날인가 봐요

호우성 소나기가 지나갔고
아지랑이는 골목과 골목을 돌아 큰길로 향해요

아스팔트는 뜨거운 게 좋아요
저 치열함 속의 궤적들
상상만 해도 임신될 듯한 마찰의 일상들

오후 2시,
고구마순 자라는 2평 남짓한 방.
당신은 혹시,
열쇠 하나 줍지 않으셨는지

염병스런 열병 18
—늙음과 무덤은 한통속이다

베개맡에서 머리카락을 줍다 문득 당신의 나이가 많
았으면.

스무 살이 더
많아 고리타분했으면.

당신 정말
고리타분한 연상이 되어
나는 어린것이 되어
솔직한 수다쟁이가 되고
비밀이란 허울을 몰랐으면.

눈길이 그 어린것을 향한 눈길이
사랑이 아닌 안쓰러움을 향해
도달했을 때
안심하며 통 큰 사내의 마음을

내가 보여 줬으면.

문득
당신이 나보다 나이가 한없이 많아서
위대해졌으면.

나는 속없이 나이를 먹어서
당신을 당신이라 부를 수 없지만
당신이 나이가 많은
어렵고 단단하고
땅땅한 사람이 되어 나잇살 먹은 내 배짱처럼
나약했으면

어제 오늘 내일

밤새 울었다 아무것도 하지 않고 울기만 했다 울고 잠들고 잠들고도 울었다 퉁퉁 부은 눈으로 꿈속을 헤매며 울었다 희뿌옇게 우니 꿈도 희뿌옇게 울었다 눈물은 머리 박박 밀고서 뚝 뚝 떨어지며 울었다 그 둥근 눈물이 안쓰러워 울었다 꿈에서 돌아와 일어나지도 않고 울었다

일어나 울면 내 울음이 네게 들킬 것 같아서
일어나 울면 새하얀 눈물이 떨어져 깨질 것 같아서
소복소복 누워 울었다 울고 울고 또 우니 또 울고 싶어서 네 생각만 했다 어제부터 온 눈물이 오늘을 지나 내일로 함박 함박 쌓이고
어제부터 온 오늘의 내가 내일 올 너를 보며 또
울고 있었다

3부

야반

당신 꿈을 꾸면서

꿈이라는 걸

알고 있었다

당신 손은 차가웠고

나는 미열을 앓듯 웃고 있었다

주곡리 신상 마을에서의 120일의 기록

1.

해가 떠오르면 일제히 소란스러워지기 시작한다. 가을 새벽, 이슬 받아 내던 잡풀부터 시작해 제 키를 한껏 치켜세운 담벼락은 물론이거니와 툇마루마저 햇살을 받으며 기지개 켜느라 삐걱거린다. 대숲에서 날아오른 까치와 물까치를 비롯한 새들도 이때부터 서로 정담을 나누며 시끄러워진다. 이때쯤 소설가 K의 방문이 활짝 열리고 그의 방에 햇살이 우르르 뛰어 들어가는 소리로 아침이 시작된다.

백 년이 넘었다는 한옥은 외풍의 서늘함이 도처에 널렸다. 겨울을 앞당기는 비가 내리거나 서리가 소리 없이 마당을 거닐기라도 한다면 한기가 서둘러 등줄기에 올랐다. 그런 날이면 나도 모르게 두텁게 무장을 하고 추위에 움츠러들기도 했으나 옴팡지게 한옥 가득 들어오는 아침 햇살에 몸도 마음도 뜨뜻하게 데워지기 마련.

주곡리 신상 마을. 정확하게 120일 조금 넘게 등을 누였다. 글을 읽고 또 다른 글을 썼으며 이 생각이 저 생각으로, 저 생각이 그 생각으로 또 그 생각이 다시 이 생각으로 넘나들었다. 어떤 날은 오지게 놀기만 했고 지독한 한파가 온 날에는 아랫목에서 나오지 못한 채 꼼짝도 못 했다. 마을 밖은 유행 중인 바이러스 질환이 풍문처럼 떠돌았고 마을 안은 폐가에서 뛰어놀 법한 바람과 햇살과 새와 고양이가 마음껏 뛰놀았다. 마을 입구엔 팽나무와 느티나무가 늠름하면서 고풍스럽게 늙어 가고 마을 감나무들은 처연하게 붉은 점들을 빼곡히 천장 구석구석 찍어 놓고 있었다.

　120일 동안 나와 K는 잡풀이었고 담벼락이었고 툇마루였고 바람이었으며 팽나무와 느티나무였다. 새가 되기도 했고 고양이가 되어 인적 없는 곳에 숨어들기도 했다. 주곡리 신상 마을 120일의 기록을 남긴다.

주곡리 사글세에 대한 입장문

—방이 어두워요
백열전구의 촉은 낮고 어두웠으므로
내가 짊어진 그림자의 크기를
가늠하기 쉬웠다

—기이한 소리가 들리기도 해요
구석진 곳에 카메라를 들이밀면
둥근 원형의 소리들이 흑백사진처럼
찍혀 나오기도 했다
버려진 것들의 사체에서 흘러나오는
소리들을 불러 모으고
소릿골을 따라가기도 했지만
나는 수시로 파리채를 휘두르며
소리를 흩트려 버렸다
관절염을 앓는 듯한 신음이
귀청에 매달려 있기 시작한 즈음이었다

―인스턴트에 길들여져 있군요
일회성이란 말의 어감에서
모래알이 서걱거린다
땡볕에 뜨거워진 서걱거림의 열기가
여전히 당신이란 단어에서 서성인다
문득 나는 열병을 앓고 있으나
뜨겁지 못했단 걸 깨닫는 순간
냉동 포장된 고기 맛이 달갑게
서걱서걱 씹힌다

―한 달? 두 달?
마루 결의 생은 집 내력보다 깊다
옹이를 품은 세월이
처마를 따라 땅으로 기울어 내리고
기울임이 첫눈처럼 마당에 드리우면

그때
툇마루에 앉아 당신과 오랫동안 이야기하며
수줍게 오른 낮달에
눈 맞출 수 있겠지

주곡리 신상 마을에서의 120일의 기록

2.

코로나 무르익기 전, 십여 명의 작가들이 모였다. 코로나로 인한 안부며 사회상이며 마스크의 갑갑함으로 술안주 삼으며 왁자지껄했다. 뭐 여기까지야 뻔한 이야기, 한참 취기에 버무려져 시인 M과 나는 선배를 향한 장난기로 역모 아닌 역모를 일으키고 있었다. 그때 K의 입에서 나지막이 모임의 공지 아닌 공지가 짤막하게 흘러나왔다. 집이 아닌 타지에서의 짧은 생활에 대해.

순간 모든 소리가 사라졌고 K의 말소리만 들렸다. 아파트에 갇힌 채 혼자 말하고 혼자 웃고 혼자 마시는 그 지긋지긋함을 잠시나마 떨칠 수 있다니. 밥벌이에 대한 안위도 없었다. 그냥 지긋지긋한 비대면 시대의 아파트가 아니면 된다는 생각. K에게 어디냐고 혹은 어떤 연유에서냐고도 묻지 않았다. 매가 쥐를 낚을 때처럼 물고기가 미끼를 채갈 때처럼.

K는 유달리 조용하다. 여럿이 있는 술자리에선 특히 그러하다. 이이 그이 저이의 농 섞인 말을 들으며 수줍게 웃기만 한다. 알큰하게 달아오른 얼굴로 배시시 웃거나 조용히 침묵에 쌓여 있다. 누가 말이라도 건네면 단답형의 말을 던진다. K와 처음 만났을 때도 그러했다. 외국에서 오랜만에 돌아온 그와 인사를 나눌 때도 말이 없었다. 그의 이름과 그의 성격에 대해서도 다른 이가 전했을 뿐이었다. 그는 부끄럽게 웃으며 눈인사만 건넸다.

술자리에서의 나는 수다스럽다. 익살스런 농과 말장난 그리고 웃음이 크다. 진중한 이야기가 오갈 때도 어떤 장난을 칠까 골똘히 생각한다. 때와 장소는 가리지만 때때로 도가 지나칠 때도 있는 법. 나와 K는 상반된 됨됨이를 가졌다.

그런 그에게서 전화가 왔다. 나지막이 "가지?" 이 엄중한 코로나 시대에 저 간단한 물음이라니. 전화를 끊고 나는 한참 동안 K의 웃음이 생각났다. 다음 날 난생처음 주곡리라는 곳으로 등을 누이러 갔다.

주곡리 신상 마을에서의 120일의 기록

3.

처음 대면한 주곡리 한옥은 낮지만 당당한 기품이 묻어 나왔다. 까만 지붕은 긴 머리를 출렁이며 윤기가 흘렀고 서까래와 기둥은 원목의 빛을 고스란히 간직한 채백 년의 시간을 나뭇결에 새겨 놓고 있었다. 그뿐만은 아니었다. 너른 마당을 차지하고 있는 건 햇빛이었다. 볕이 출렁이는 마당 가는 뙤약볕이 가부좌를 튼 채 미동도 없었다. 이따금 파리의 날갯짓 소리가 훼방을 놓았으나 붉은 손바닥을 지닌 파리채가 있지 않던가.

주곡리 신상길 21-5. 하루 먼저 입성한 K는 오래된 전통 가옥의 면면을 들춰 주었다. 새로 단장한 부엌과 내가 묵을 방과 K의 방, 그리고 그 사이를 가르는 마루방, 측면에 위치한 쪽방까지. 전통 가옥의 숨은 속살을 더할 나위 없이 손바닥에 아로새기고 눈으로 각인시켰다. 숨은 공간이 도둑고양이 마냥 느닷없이 튀어나오기도 했고 예상할 수 없는 곳에 감춰진 공간이 아픈 사연을 담고 있기도 했다.

나중에 안 사실이지만 한 사람이 겨우 누울 수 있는 쪽방에 또 다른 방이 숨어 있었다. 총칼의 서슬 시퍼런 6·25 시절, 마을 청년들이 한 사람도 못 들어가는 그 방에 숨어 북의 징집을 피했다. 지금은 입구마저 막힌 공간.

문제는 부엌살림이었다. 세탁기도 식탁도 하다못해 싱크대도 구비되지 않았다. 오로지 당당한 체구 지닌 집만 우리를 반겼다. 험난하고 험난한 끼니 해결이 최우선이지 않던가.

영화 '아라한 장풍대작전'의 시작은 내로라하는 이 땅의 도사들이다. 도 닦는 험난한 과정에 대해 설파하지 않던가. 그 험난한 과정 중 으뜸은 격파도 아니고 축지법도 아닌 식사였다. 도 닦을 만하면 때가 오고 때맞춰

밥 짓고 설거지하고. 내로라하는 도사들의 푸념 아닌 푸념이 K와 내게도 닥친 문제였다. 뭐 그 덕에 느는 것은 솜씨지 않던가. 시와 소설에 함몰하듯 음식에 함몰하면 실력은 느는 법. 비법은 함몰도 아니고 몰입도 아니었다. 미원과 소고기 다시다, 미원과 소고기 다시다는 엄마의 손맛을 고스란히 재현한다.

형아답게

콧물 휘날리며 구슬을 튕겼지
골목엔 숭덩 구멍이 파였고
구멍 속에는 우르르 구슬이 몰려들었지

저 구멍에서 이 구멍으로 구슬이 들어갈 때면
약 올라 구슬을 차 버리고 싶을 때도 있었어

어느 날 동네 녀석이 큼지막한 쇠구슬을 들고 나타난
거야
우리는 구슬처럼 우르르 몰려들었다가
족족 깨지는 유리구슬을 바라보았지
첫 상실의 맛은 날카로웠어

그날 늠름하게 돌아가는 녀석을 보고
옆집 아이는 기어이 울음을 터뜨리고 말았지
사실 나도 따라 울까 싶었지만

옆집 아이가 나보다 어렸으니 형아답게 참았지
꾸욱 참았지

어제는 코로나 확진자 오천을 넘었다는 소식이 들렸어
내 손을 꼭 잡고 울던 옆집 녀석
별일 없이 잘 살고 있겠지?

주곡리 신상 마을에서의 120일의 기록

4.

다음 날 K와 나는 마을이 환히 보이는 건너편 언덕으로 향했다. 가을걷이로 붉은 밭의 속살이 여과 없이 드러나 있는 언덕에서는 주곡리 신상 마을의 면면을 훑어볼 수 있었다. 주곡리라는 마을 이름의 유래 역시 한눈에 가늠할 수 있었다. 오목한 언덕에 위치한 주곡리는 마치 거미의 형국을 닮아 있었다. 거미줄을 튼튼히 친 거미골의 형상. 그리하여 '거미(무)실' 또는 '거미 주蛛'를 써 '주곡蛛谷'이라 하지 않던가. 또한 고흥 유씨의 집성촌으로 시작하여 주곡리는 여전히 고흥 유씨 집성촌. 거주하는 집 역시 유씨 가문의 집.

거미 몸통에 위치한 현곡정사에도 들렀다. 주곡리에서 태어난 근세 유학자 현곡 유영선 선생에 대해 K는 끊임없이 풀어내고 있었고 그와 더불어 근세의 조선과 일제강점기의 암울함에 대해서도 이야기했다. K의 이야기보따리는 시시때때로 풀어헤쳐져 이야기를 짜깁고 역사의 귀퉁이에 숨은 것들을 환하게 밝혔다.

하루 먼저 들어온 K는 마을 이장님을 비롯한 마을 어르신들을 맞이했다고 했다. 어르신들은 외부인인 우리로 인해 감염의 위험성이 높아진 것은 아닌지 혹은 조용한 마을에 다수의 방문자가 발생하는 것이 아닌지 우려를 전했다고 한다. 물론 120여 일의 생활 속에서 방문자가 없었던 것은 아니었지만 우리는 더 숨죽일 수밖에. 다행히 K와 나는 일상생활 속에서 달그락거리는 소리도 내지 않는다. 유행성 질환의 시대에 적합한 면모.

K와 나의 일상은 지루할 만치 반복이었다. 삼시 세끼 밥을 먹을 때와 종종 마당 가에 나와 오지게 푸른 볕을 맞이할 때 그리고 끽연의 맛을 음미할 때 빼곤 마주칠 일이 없었다. 아, 맞다. 웅크린 밤을 비집고 들어가 음

일이 없었다. 아, 맞다. 웅크린 밤을 비집고 들어가 음주를 즐길 때 역시.

주곡리 신상 마을에서의 120일의 기록

5.

혼자 살아온 덕에 내가 요리를 담당하였고 K는 정리 정돈과 함께 쓰레기와 냉장고를 담당했다. 제비뽑기 혹은 가위바위보 따위는 없었다. 암묵적으로 정해진 신상 마을 한옥에서의 규칙. 허나 사람과 사람이 마주치면 때론 달그락거리지 않던가.

나는 아침 끼니를 일상적으로 거른다. 반대로 K는 꼬박꼬박 아침을 챙기는 일상을 지녔다. 그로 인해 한 해에 한두 번 먹을까 말까 하는 아침을 매일 차려야 했다. 또한 혼자 밥술 뜨는 K를 보다 못해 더불어 아침을 먹어야만 했다. 한동안 아침을 먹고 또 점심을 먹어야 한다는 부담감이 속을 메스껍게 만들었다.

뿐만 아니었다. 나는 소주를 즐기고 K는 맥주를 즐겨 마신다. 나는 폭음을 즐기지만 연이틀 마시지 않는 습관을 지닌 데 반해 K는 폭음이 아닌 입가심의 습관을 지녔다. 첫날 나와 K는 폭음했다. 몰랐던 서로에 대해 이야기했고 농 섞어 가며 미래를 기대하기도 했다. 해박한 K의 이야기가 유쾌한 소설처럼 서사적이었고 나의 추임새와 놀라움의 감탄이 서정적이었다. 이전에 내가 알던 K가 아니었다. 많은 이들이 자리한 술자리에서의 K가 아닌 K는 입심이 강했다. K의 구성지고 유쾌한 입담에 술이 자꾸 비워져 갔다. 외부와 단절된 날들에 대한 설렘이 곡간에 가득가득 쌓였다.

다음 날 저녁, K는 또 맥주를 꺼냈다. 나는 연이틀 마시지 않는 습관을 지녔으므로 술을 거부했다. K의 목울대로 따로 넘어가는 목 넘김이 쓸쓸해 보였다. 그 후 K를 따라 맥주를 즐겨 마시게 되었고 K는 가끔 소주를 마시기도 했다. 따로 가진 이질감이 서서히 비슷해지기 시작한 즈음도 그때부터다.

운동장이 죽었다

운동장 담벼락엔 책가방들이 우르르 몰려들었지
운동장은 심심할 틈이 없다고 투정 부리기도 했지만
우리는
아랑곳없었어 갈 곳이 어디 있겠어? 그 흔한
영어 학원도 없었으니까 믿지 못하겠지?

돌도 놀잇감이었고 나뭇가지도 놀잇감이었어
돌을 던져 돌을 맞추고 돌을 튕겨
남의 땅도 따 먹었어 내 땅을 잃은 날엔 분을 못 이겨
친구 돌멩이를 걸어차기도 했지
못된 녀석들은 그런 나를 보며 웃기도 했지만 말야
나뭇가지로는 뭐 했냐고? 땅에 끄시고만 다녀도 재
미났어
손으로 벽을 끄시고 집에 돌아가는 것처럼 말야
아무도 없을 땐 나뭇가지로 몰래
좋아하는 아이의 이름도 쓰기도 했지

누가 가까이 오기라도 한다면 발로 쓰윽

운동장은 많은 남자애 여자애의 이름을 꼬옥꼬옥 새
겨 놓았다고 해

가끔 운동장에 중학생 형아들이 나타나기라도 한다면

운동장의 모든 것들은 멈추지 일시 정지 버튼 알지?
그것처럼 말야

팔뚝 규율부 완장처럼 늠름하면서도 무서운

운동장이 심심해질 때는 까만 저녁이 운동장을 배회
할 때쯤이었어

누군가의 엄마가 밥 먹어 외치면 일시에 운동장은 심
심해지는 거였지

담벼락 가방들도 죄다 집에 돌아가고

누구누구는 가방이 뒤바뀌기도 했지

가방이 서로를 닮아 똑같거나 비슷비슷했으니까

그러면 엄마 아빠 잔소리 피해 가방 바꾼 건 비밀

저녁 운동장은 텅텅 비었지
코로나 때문에 텅 빈 학교처럼 말야
언제부터 운동장이 죽은 걸까?

주곡리 신상 마을에서의 120일의 기록

6.

　가을볕 같지 않은 따가운 날들이 지속되었고 이따금 폭우도 쏟아졌다. 폭우가 쏟아질 땐 고양이들이 툇마루 아래에 세 들기도 했고 뒷마당에 놓인 장독대에서는 먼저 튕긴 빗물이 서둘러 흩어졌다. 앞집과 뒷집 감나무에서 익기 시작한 풋감들이 선홍빛으로 해와 비를 쟁였고 차 한 대 겨우 드나드는 골목길엔 여전히 새와 바람과 볕과 빗줄기들로 소란스러웠다.

　팽나무와 느티나무 곁으로 다가가려면 골목을 걸어 올라가야 한다. 맑은 날엔 낮은 담장 너머에 있는 텃밭들과 오래된 가옥들이 햇살을 고스란히 매달아 말리고 밤엔 달빛의 정취를 곳곳에 새겨 놓느라 골목은 바빴다. 달빛 받으며 마실길이라도 나서면 고즈넉했고 식솔이 모인 집을 지날 때면 흥겨운 밥숟갈 소리가 새어 나오기도 했다. 팽나무와 느티나무의 낮과 밤은 사뭇 달

랐다. 낮엔 온화하고 인자했으나 늦은 밤엔 퍼런빛을 이어 날카로웠다. 별빛과 달빛 그리고 서걱이는 바람 소리로 무장한 채 덩치를 키워 마을에 범접하지 말라는 으름장을 놓았다. 나와 K는 오랫동안 기거 중인 골목의 손님이었으므로 고양이처럼 소리 없이 걸었고 수백만 광년 떨어진 별처럼 빛을 낮춰야만 했다.

고즈넉한 일상을 뒤흔드는 것은 다름 아닌 긴급 재난 문자 알림 소리였다. 비정기적으로 울리는 요란스러움에 소스라치게 놀라는 게 다반사. 시시때때로 요란하게 울어 대는 소리는 날카로운 손톱자국이었다. 매섭게 울려 댈 때마다 모든 신경은 컴퓨터 자판에서 뛰쳐나와 휴대폰 속 경고 문구에 매달렸다. 또한 오전 열 시쯤 불쑥 문 열고 들어오는 불한당처럼 마을 스피커에서 알리는 주의 방송도 일상을 훼방 놓기는 마찬가지. 영역 침범한 고양이처럼 발톱을 세울 수도 없었다. 보이지 않는 바이러스가 대상이었으니.

K와 함께 집 꾸미기 계획을 세웠다. 집 외모를 마음껏 꾸며도 된다는 집주인의 당부도 한몫했거니와 따분한 일상을 특별한 일상으로 바꿀 수 있는 좋은 기회. 한 장의 기획서를 만들고 나와 K가 속한 단체 작가들의 문구와 문장을 샅샅이 뒤졌다. 물론 집과 어울릴 만한 문장이어야 할 것, 기회가 닿는다면 작가들의 친필로 새겨질 것. 또한 최소한의 인원과 최소의 비용으로 꾸밀 것.

글씨체와 그림체가 뛰어난 시인 A와 글씨체가 단아한 시인 B 그리고 나와 K. 4인 이상은 집합 금지였으므로.

길고 긴 천으로 툇마루의 바람길을 만들었고 시인이 쓴 문장으로 시인이 시를 새겼다. 시멘트색 담벼락 중두 칸엔 굵은 글씨의 문장이 들어섰고 부엌 유리창엔 작은 글씨의 문구들이 새겨졌다. 하얀 회벽에도 시구가 새겨져 단아했다. 반복되는 일상 속에서의 일탈. 때론 컴퓨터가 아닌 문장 문구를 가지고 획을 긋는 놀이는 무한한 상상력을 배가시킨다.

마당에 놓인 돌확에도 울음 없는 부엉이와 기러기가 앉았고 싸구려 도마에 새겨진 문패에는 주소도 새겨졌다. 쓰고 지우는 과정 틈틈이 낮술을 즐겼고 딴짓도 즐겼다. 넷의 숨죽인 웃음소리가 담장을 넘지 않도록 조심하며 웃고 또 웃었다.

주곡리 신상 마을에서의 120일의 기록

7.

가을이 깊어질수록 급격한 날씨 변화가 피부에 사무쳤다. 변덕스런 이곳 날씨를 몸으로 고스란히 받았다. 볕이 환하면 여름옷을, 냉기 찬 바람이 볕을 몰아내기라도 하면 두터운 꼬쟁이를 입었다. 폭우가 몰아치거나 폭설이 몰아치면 외풍에 시달려 아랫목 이불 속에만 붙어 있었다. 그러다가 사람 내음이 그리워지는 날이면 K와 나는 주곡리 신상 마을과 가까이 사는 사람들을 찾아 나섰다.

진동규 시인을 찾아가 집의 내력은 물론이고 옛집에 대한 사연도 들었다. 마당 언덕 가에서 캔 바위 속 새겨진 그림을 가지고 상상력 가득한 이야기도 나누었고 시인의 뒷산에 올라 물의 이야기와 흙의 이야기도 들었다. 고창의 맛과 멋에 대해서도 들었고 고창의 내력과 역사 속 인물들을 소개받기도 했다.

K와 나는 한 번도 보지 못한 고창의 사내가 궁금하기도 했다. 무작정 전화를 걸고 우리의 사연을 전하고 의례적이고 기약 없는 만남을 기대한다고 했는데 며칠 후 사내가 용달차를 몰고 신상 마을로 달려왔다. 시인 김명국과의 첫 조우. 소주와 맥주, 직접 기른 농산물을 들고 찾아온 시인은 말이 없었다. 자신이 짓는 농사에 대해 이야기를 전했고 소와 복분자와 고구마 그리고 아내와 아들 어머니에 대해 말했다. 눈코 뜰 새 없음 속에서 시를 건지고 시를 널고 시를 말리는 그는 그 이후로 두어 번 우리를 찾았다. 하루는 술을 마시고 같이 등을 뉘었으며 다른 하루는 박카스와 베지밀을 들고 왔었다. 나는 나의 첫 시집을 그에게 전했고 그도 그의 첫 시집을 나와 K에게 전했다. 김명국 시인과 가끔 만나는 시인이 주곡리에 산다는 말도 넌지시 건네 들었다.

같은 주곡리에 살며 미당문학관에서 근무 중인 조상호 시인도 만났다. 그는 아랫마을 살고 우린 윗마을에 살았다. 그 역시 말수가 적었으나 논리 정연했고 시인의 기품이 물씬 묻어 나왔다. 같이 술잔이라도 기울이는 날이면 그는 근래에 쓴 시를 가지고 와 들려주기도 했으며 척박한 서울에서의 옛 생활도 전해주었다. 같이 아프고 같이 웃고 같이 취했다. 그는 나와 K를 위해 종종 고창의 음식들을 포장해 와 우리의 입을 즐겁게 했다. 그런 날에는 달빛 머금은 시가 부엌을 떠돌고 고방을 떠돌았다. 알큰하게 취해 몸을 누이면 밤새도록 시가 흥몽처럼 잠을 깨우기도 부지기수. 마지막 주곡리에서 나올 때도 코로나 시대 속 안위를 당부하는 전화를 하기도 했다.

　문인들만 만난 것은 아니다. 낭랑한 목소리 지닌 고창문화관광재단 직원들도 만났고 건너편 감나무 집 할머니도 종종 들러 같이 햇볕을 맞기도 했다. 바닷가 근처에 사는 갈매기도 집 근처에서 만났고 높이 뜬 매도 가끔씩 마주칠 때가 있었다. 아침 식사를 하고 툇마루 앉으면 늘상 벌 한 마리가 윙윙대며 주변을 맴돌았다. 벌을 쫓아온 말벌을 보기 좋게 때려잡기도 했다. 아침이면 벌은 여전히 툇마루 근처서 윙윙거릴까?

동상

겨울이면 논두렁으로 달려갔지
누구 썰매가 더 빨리 달리는 지 궁금했거든
쌍둥이 녀석들은 왜 하나씩 썰매가 있는 거야?
썰매가 없는 나는 오지 않는 아빠를
원망하지 않았어
아빠를 기다린 적 없었으니까

할아버지가 만들어 줬다는 짝꿍 녀석의 썰매는
못생겼지
유난히 길고 무거웠거든
그런데 제일 빠른 건 짝꿍 썰매였지

—한 번 타 볼래?
—무릎 꿇고 타는 썰매는 왜 타나 몰라?

짝꿍은 지치지도 않고 썰매를 타고

나는 왜 한 번만 타 보자 말 못 했을까?
종일 얼음 위에서 신발 미끄럼을 탔다

빨갛게 부어오른 손을 타고
동상이 매년 찾아왔다
겨울이며 밤마다 미끄러지는 꿈을 꾸었다

주곡리 신상 마을에서의 120일의 기록

8.

K는 장편소설 창작에 여념이 없었다. 어느 날은 깨기 힘든 침묵으로 무장했고 어떤 날은 환히 웃으며 농을 건네기도 했다. 그런 K를 바라보며 그의 진척 사항을 지레짐작할 수 있었다. 나는 산문과 운문 사이를 오갔다. 왜 시는 어려운 거냐는 꽤 많은 이들의 물음에 나는 난생처음 시에 대한 난해함이 숙제였다. 그 숙제를 푸는 것은 산문이라고 믿고 있었기에 어느 날은 산문을 어느 날은 운문을 읊어 댔다. 줏대 없는 시인 혹은 줏대 없는 산문가? 여튼 경계 없이 넘나들었고 시 같은 산문, 산문스러운 시, 그게 가장 큰 숙제이기도 했다.

K와 달큰한 술자리 가진 날에는 술의 기운에 일찍 잠들었다. 그리고 늘상 새벽 요의에 눌려 기상했다. 귀찮은 날에는 방문을 열고 뒷마당에 일을 보기도 했고 별을 볼 요량이라도 생기면 앞마당으로 나가기도 했다.

일 마치고 K의 방을 바라보면 촉 낮은 불이 켠 듯 만 듯 켜져 있었다. 그런 날이면 나도 질세라 새벽 세수를 하고 노트북을 열었다. 새벽 고요 속에서 울리는 자판 소리는 경쾌하거나 기괴하다. 문장이 곧잘 풀리면 경쾌한 타자 음이 귓속을 마구 뛰놀았다. 하지만 답답한 문장이 올라서거나 문구마저 더딘 날에는 기괴하도록 느리고 불규칙적인 타자 음이 방 안을 가득 채웠다. 내가 뱉은 한숨에 또 다른 한숨이 따라 나오면 방문을 활짝 열고선 추위를 들이기도 했고 새벽 서리를 맞으며 골목을 배회하기도 했다.

원고가 변비처럼 지독하게 막힌 날에는 K와 나는 고창의 숨은 곳곳을 떠돌기도 했다. 선운사에 들러 고요한 산사 소리에 귀를 맡기기도 했고 개울가에 한참 동안 말없이 앉아 있다 오기도 했다. 어느 날은 무장읍성에 들러 관아에 앉아 보기도 하고 무장객사 마루 결을 쓰다듬기도 했다. 오랫동안 성곽을 걸으며 동학농민운동에 관해 깊은 이야기를 나누기도 했고 당대 민초들의 삶을 가늠해 보기도 했다. 특히 무장읍성은 나와 K가 운치와 멋에 반해 즐겨 찾았고, 읍성 앞에 있는 백반집의 넉넉함에 매료되어 더더욱 자주 찾았다. 식당 옆 '어름 도장'이라는 뽀얀 간판은 시적 상상력을 자극하기도 했다. 서해안바람공원에 들러 꽁꽁 언 바다와 함께 바닷바람으로 동태 체험도 해 봤고 학원농장에서 끝없이 펼쳐진 꽃길을 걷기도 했다.

그중 최고는 문수사였다. 나는 왜 선운사만 알았던 걸까? 4개월여의 고창 생활 동안 문수사 단풍과 문수사를 만나지 못했더라면 어땠을까? 가파른 길에 고목으로 펼쳐진 길을 처음 만났을 때의 붉은 아찔함. 나와 K는 틈틈이 문수사를 찾았다. 또한 답답하리만치 인자하게 보이는 둥글고 편안한 인상의 문수석상은 또 어떻

던가.

언젠가 K에게 고창에 대해 물었다. K는 여태껏 먹어 본 가장 맛난 땅콩이 고창 땅콩이라 했고 문수사 단풍을 이제야 만났다는 억울함을 토로했다. 문수사 단풍을 아직 만나지 않은 이라면 어서 만나 보길. 나와 K의 분한 심정을 당신도 느끼길. 참, 땅콩을 좋아하지 않는 나도 언제부턴가 땅콩으로 맥주를 마시기 시작했다.

주곡리 신상 마을에서의 120일의 기록

9.

고창에서의 예정된 기간은 한 달이었다. 주곡리 신상 마을에 반해 한 달이 두 달이 되었고 두 달이 석 달이 되었다. 그사이 해를 넘겼고 우리는 넉 달을 꼬박 채우고 구정을 앞둔 어느 날 고창에서의 생활을 정리하기 시작했다.

정리하는 와중에도 바이러스 질환은 기세등등했고 여기저기 뜬소문처럼 횡횡한 말들이 떠다녔다. 나와 K는 짐을 정리하며 더욱 말이 없어졌다. 그동안 불어난 짐들도 말문을 막히게 한 것도 사실이지만 정든 집을 떠나야 한다는 것이 가장 큰 이유였다.

나는 살면서 이사 다닌 적이 거의 없다. 그러므로 이사에 익숙하지 않다. 이삿짐을 거의 다 정리했을 무렵 K는 1박 2일의 여행을 제시했다. 집을 떠나는 슬픔, 마을을 등지는 안타까움, 작은 고창 읍내에서 크나큰 도시로 나가야만 하는 아쉬움.

나와 K는 짐과 그동안 짓고 부수고 했던 무수한 것들을 쟁여 놓고 남해로 떠났다. 남해의 바다가 보이는 숙소에서 K와 나는 마지막 폭음으로 날을 새웠다.

　폭설에 갇히기도 했고 뜬눈으로 아침을 지켜보는 날도 있었고 무수한 별들과 바람과 자연이 만드는 소리로 뒤척이기도 했다. 오랜만에 푹 잠을 잔 것 같기도 하고 흉몽의 밤이었던 것 같기도 한 120일의 고창 주곡리 신상 마을의 생활. 지독하리만치 느렸고 반복적이었고 따분하면서 수런스러웠던 날들. 잘가라 120여 일의 날들아, 잘 가라 한때의 나여.

4부

대설주의보가 내린 밤

당신은 당신을

기억해 달라고 했다

당신을 잊을 수 있을까

당신 굽은 등이

전기장판 속에서

느리게 펴지고 있었다

가라앉지 마, 엄마

긴 장마

스무 살쯤 된 김치냉장고가 먼저 누웠다
따라 누운 건 열 살 된 냉장고
세탁기가 불타오르는 걸 발견한 이는
사회봉사자였다
일정이 빡빡한 그녀는
새벽 5시 반 코로 타는 냄새를 맡았다 한다
누전차단기는 자꾸 떨어지고 빗물은
구석에서 시작해 중앙으로 달려오고
새로 들인 김치냉장고 양문냉장고 통돌이세탁기는
온몸으로 빗물을 죄다 받았다는데

기르던 개 감자가 목줄을 풀고 나갔고
여든 넘은 여인은
나간 개는 복이라며 찾지 않고
얼룩무늬 도둑고양이가
감자 나간 자릴 차지하고

야야 또 잊어버렸다
복숭아랑 김치랑 줘야는데 자꾸 깜빡한다
김치도 냉장고도 세탁기도 감자도 나가고
빗물만 자꾸 들어온다 누전도
따라 들어왔네

엄마 괜찮아
다 똑같이 늙어도
엄마만 말짱해
지마켓도 11번가도 쿠팡도
엄만 안 팔더라

긴 장마가 오고
귀청엔 뚝뚝 떨어진 빗방울만
가득하고

시침의 맛

다 쓴 전지를 빼내 어금니 사이에 끼우지
물에서 막 건져 낸 아이처럼
로케트밧데리의 심장을 펌프질하면
알싸한 전기가 혀끝에 묻어나오지

어렸을 적 엄마 손에 이끌려 찬물로 목욕할 때마다
누전 차단기에 젖은 손 집어넣었지
손가락 타고 오르는 전기의 맛
살 떨리는 촉감은 왜 별맛이었을까?
나는 전기를 찍은 손가락을
입에 넣지 않았어

단짝은 늘어진 음악이 이어폰에서 나올 때마다
전지를 꺼내 잘근잘근 깨물었다
어금니 자국 선명한 두 개의 전지
이어폰 속 가수는 굉음에 가까운 락을 다시 외쳐 대

곤 했지

죽어있던 시계에서 전지를 빼내 깨문다
까만 사각 틀에 누워 봉인되었던,
1440번을 360도로 움직이는 초침이랄까?
그 맛은 시큼하면서 떫다

단단 혹은 땅땅

나는 슬픔을 지녔으니 모른 척 말고
슬픔을 널어 버려야지
안쪽부터 차곡히
어제 온 슬픔부터, 달려오는 처량함까지
먼저 다가올 처참함까지
빼곡하고 빼곡한 건조대에 널어야지
시대의 안위 혹은 사상의 변절 따위는 잊은 채
나약하고 나약한 빨래건조대에서
빼싹 마른 발로 나를 끌고 펴
나를 말려야지
건조대의 뼈대가 복숭아뼈나 숨골의 뼈를
바삭하게 말려도
나는
단단 혹은 땅땅하게 말려야지

햇내 물씬 풍긴 바삭한 나를

탈탈 털면서 이 생은
풋풋했다고 아니 아주 잘게 바스러졌다고
슬픈 기색 없이
늠름하고도 함박 함박
웃어야지

먹먹 2

폭설이 쌓인 횡단보도를 걷는 일은 난해하다
녹는 눈을 피해 걷는다거나 빙판 위에 올린 몸뚱아리
의 안위를
위해 온몸에 바짝 힘을 준다거나

어머니께서 오늘 수술을 하신다
성한 몸으로 폭설의 길을 뚫는 것도 힘든 일인데
홀로 다리품을 팔아 두 남매를 건사했다
오십 년 가까이 빙판을 뚫고 오셨다는 것
된소리 나는 고장 난 다리를 질질 끌고
온몸에 힘을 잔뜩 주고서 반평생을 걸었다
때론 미군 용품을 들고, 때론 환하게 그려진 보험 안
내 책자를
들고
당신의 안녕은 안녕

누이가 혹시 모를 만일의 사태에 대해 고한다
부족한 A형 피를 빨리 구하는 방법에 대해
어머니는 수술대 위에서도
빙판을 뒤뚱뒤뚱 걷고 계신다

사주단자를 찾아 다시 짜고 싶은

어머니는 서울에서
나는 익산에서
죄송스럽게도 나는 기도밖에 할 게 없다
그게 자꾸 먹먹하다

9회 말 투 아웃

7살 때부터 틈나면 던졌다
내가 김용남인 양 적진의 최동원마냥
왼쪽 오른쪽 구석을
노렸다가 들어가지 않으면
상상 속 홈런을 맞았다

타이거즈를 스무 살쯤 버렸다
야구가 인생을 대신하지 못하는 걸 깨우쳤다

무덤덤하게 결정전에 나가지 못한
옛 응원 팀을 보아도 슬프지 않았다
울음을 인 응원 인파를
카메라는 오래 비췄다

옛 애인의 변명이 왜 순간
기억났을까?

우린 사랑을 하고 영원을 약속했는데

9회 말 투 아웃
희망 없는 9회 말
플레이오프 결정전
공으로 속이는 사내와
속이는 공을 노리는 사내

거포의 사내가 빠따를
휘둘렀고
나는 7살 투수가 또 되어
공만 오지게
던졌다

수증기로 피어

이름을 벗어 둘 수 있다면
반듯하게 이름을 벗어
고이
개어 두고서는

당신이 벗어 둔 이름이나 빤히
바라봐야지
이름을 벗었으니 나는 내가 아닌
무명씨가 되어
푸른 강물에 나를 풀어 둬야지

물에 번지는 무명씨에 깃든
물빛을 기억하고선
오후 땡볕에 익어 가야지
새벽 먼 가로등 빛처럼 반짝
증기기관차의 수증기처럼 피어야지

나날들

당신은 왜 이렇게 이쁠까?
남들이 몰라도
남들이 알아도
당신은 왜 그리 이쁠까?
오구오구 궁둥이를 두드려도
새하얀 흰 눈꽃 사이로 금니로 웃는 당신

이 이쁨을 모를 이가 있을까?
아니지, 모를 이가 더 많겠지

백발을 이고서
여덟 살인
당신

청룡영화제

이 편한 세상,
광고가 끝나고 붉은 카펫 위로 플래시 터진다
갓 등장한 미남 배우를 바라보다
라면 먹던 아내는 젓가락을 멈춘다
나비넥타이는 왜 모두 검정색일까?
궁금증보단 허기진 배가 물음을 삼켰다

아나운서가
여우주연상 후보의 등장을 알린다
면발처럼 탱탱한 가슴선
카메라 불빛들이 온몸 더듬자
여우는 고른 치아 내보이며 꼬리 같은 손 흔든다
아내는 두 손으로 가슴을 모아 보인다
나는 그때 김치를 찢고 있었다
작고 아담한 가슴을, 나는 사랑한다

관객 수천만의 시대
포만감이 밀려온다
작품상에 대한 나름대로 평가를 내리면서
아내는 수상작 여부를 따진다
시청자 투표 참여 알리는 자막 밑으로
유료 100원 문구와 함께 경품이 소개되고
나는 마지막으로 본 영화를
떠올린다

영화 속 러브 스토리는 비극적이었다
아내가 원하는 남배우는 남우주연상을 타지 못했다
영화적 삶을 꿈꾼 적 있던가?
나는 아내에게 프러포즈를 하지 못했다
각본대로 움직인다면 얼마나 편한 세상일까?
해피 엔딩 혹은 비극적 결말에 대해.

무슨 맛인지 모르겠어

어쩌면 이 도시는 맛있을 지도 모르겠어

이 도시를 처음 만나는 순간 겨드랑이에서는 농담이
자랐지 빌딩은 높아서 잡아당기기만 하면 그늘이 달려
왔지 그늘의 장대한 기골에 놀라 맛이란 것을 가늠하
지 못했어 이 그늘을 벗어나면 저 그늘 저 그늘 끝에
또 다른 그늘. 그늘은 그늘을 먹고 자라나 봐 그늘이
먹는 그늘의 맛은 어떨까?

그런데, 도시는 왜 이렇게 심드렁해? 나에게도 옮아
오는 반듯반듯하면 모난 냉소. 고개를 들어 올려 바라
보는 그늘의 시작은 시원하고 높고 깊고 때론 이것도
저것도 삼키고 소문마저 삼키는 그런, 심오한 맛? 겨드
랑이에서 자란 농담은 단맛이거나 신맛.

이 도시의 맛들은 간절하면서 깊지.

그늘을 등지고 지하를 돈다. 지하를 돌고 또 도는 맛은 폭우를 닮았지 멈출 듯하면 계속 들이붓는. 어제의 침수가 세간을 말리면 활어 전문 집 활어들은 비린내를 풍기며 구간과 구간을 배회하지 나는 도시의 지하에 앉아 바다를 맛보는 중이야 바다는 도심을 떠날 줄 모르나 봐

화투점을 친다. 분홍빛 사쿠라가 달콤하고 팔광이 떠 캄캄한 육질의 사내와 계집이 떠돈다는 운세. 언제까지 도심을 떠돌아야 하나?
건장한 사내와 눈빛 그윽한 계집이 벽이 둘러쳐진 방을 가지면 세간들의 맛은 단맛 가득한 시큼일 텐데

지금은 바다로 나간 사내가 이 거대한 도시에 가득하고 나는 도시의 지도를 펼쳐 놓고 맛의 지도를 그리는

중이지

어쩌면 이 도시의 끝은 맛있다라고 쓰여질지도 모르
겠지만
지금은 도통 무슨 맛인지 모르겠어

서울에서 보낸 한 철

1. 출근

정신없이 출근하는 사람들의 꼬리를 밟으며 동행, 누
군가 함께 걷는다는 건 설레지만 지리멸렬한 일

마트 앞 냉동 탑차, 식용 돼지들이 바닥에 흘린 피를
빨아들이고 있었다

죽었으나 살고 싶은, 누웠으나 다시 제 몸을 일으키
고 싶은 본능

벌건 피가 뚝뚝 동질감처럼 떨어지고 있었다

2. 은행나무 정거장

거대한 은행나무가 정거장의 천장을 뒤덮고 있었다

마을버스는 고개 숙인 채 은행나무 겨드랑이 속으로
진입 나도 마을버스 따라

고개 꺾고 진입 세상엔 고개 꺾을 일이 얼마나 많은가

3. 통지서

첫 출근 회사로 들어서자 모든 직원이 물청소 중이
었다
낡은 구두 뒷굽에 들앉은 희망이 젖을까 물을 피해
뛰었다
대부분 나를 보고 의아해했으나, 누군가 뜻 모를 암
구호로 나를 설명했다
나는 정체불명의 암구호

일흔이 넘은 의료 기기 사장은 문장의 중요성에 대해
누누이 강조했다
친숙하지 않은 전문 용어처럼 나는 불그레한 낯빛을
뚝뚝 떨구고 있었다
언젠가

정리 해고 통지서를 받던 날도 이러한 아침이었다

동백傳

돌산나루터 끝자락을 감싸고 있는 건 울 할아버지
닮은 주황색 지붕이에요 그 밑엔 우리 할아버지가 살고
요 나는 턱 밑 수염에서 돋아나는 할아버지의 옛날이
야기가 좋아요

고물 금성라디오에선 트로트가 목청 다듬느라 찌이
익찌익 헛기침하죠
쭈글쭈글한 손에서 자알 버무려지는 반죽은 기지개
도 잘 펴고요 생선살로 만든 어묵은 남태평양에서 올
라온 해수로 고향 달래요 붕어판이 나루터 한쪽 구석
을 데우면 붕어는 몸 뒤척이며 비늘 세우고요
사람들은 호오호오 불어 내며 입 오므려요

할아버지 손에 건져진 녀석들은 장군도 물밑 성 헤엄
치는 상상을 해요
녀석들은 장군인 양 금빛 갑옷 뽐내지요

이때쯤,

왜적들은 꽁무니 빠지게 달아날지 몰라요

이량 장군이며 이순신 장군

할배 입 재간에 살아나 일순간 호통처럼 벼락을 치거
든요

할아버진 그 옛날 동백국 지키는 초병이었을지 몰라
요 동백 물 밴 갑옷 차려입고 입구 지키고 서서 붉은
연혁 또박또박 일러주는 이정표 말이에요

막차 놓친 손님

붉게 물든 장군도 동백국으로 들어가는 초입

주황색 표지판 지붕을 단

하나뿐인 입구죠

출금

역 앞 광장은 늘 새벽잠을 빼앗긴다 인력 은행에서 출금된 이들은 대한大寒과 함께 빳빳하다 몰아닥친 한파에 얼어붙은 발자국들 밑창 주름이 선명하다 붉은 힘줄 쏟은 장작 위로 환한 흥정들 오가고 싱싱한 미명이 광장 위에 꿈틀댔다 통근 기차와 함께 빗장 푸는 아침,

나는 매일 출근한다 구두는 헐거워지고 오래 투숙 중인 한파는 이빨을 가는 버릇이 있다 접지 불량 가로등이 침침한 눈을 비비지만 추위는 더욱더 기승부린다 추울수록 몸짓 큰 것에 손이 가는 법 사내들의 억센 말투가 장작불을 키우고 있다

발자국 깊숙이 쌓이는 눈송이들 주름의 경계에서 발화를 꿈꾼다 입덧은 날개다

임신한 아내는 오늘 지글지글 통닭이 먹고 싶다, 고 한다

팔리지 못하는 날엔 길게 늘어지는 시간을 본다 서둘러 당겨 보지만 녀석은 요지부동. 일력엔 일당 받지 못한 하루가 적금되고 나는 아내의 배 속에서 부푸는 아이를 생각하며 통장 속 잔고를 바라본다

  함박눈이다
  누군가 외치는 소리, 희망 위로 출금된 함박눈이 은빛으로 반짝

외로움의 숲

나를 앉히고 나와 이야기해야지
집 밖엔 적막이 배회하니
나지막이 그리고 귀를 간질이듯
낮게 말을 건네야지
우울을 불러들이려고 한
나에게 사연을 물으며
공감대를 형성해야지
나에게 오는 그리움들을 듣고
술잔을 건네고선
통 큰 사내처럼 너털하게 웃어야지
웃는 내게 나가 화를 내면
거칠게 멱살도 잡고 고집도 피워야지
그리고 이유 없이 펑펑 울며 나를 안고
등을 쓸어 줘야지
취기에 취해 꽁꽁 숨겨진 맛난 것들을
꼭꼭 씹게 하고선

그 길고 깊은 외로움의 숲을
건너라고 손잡아 줘야지

순간적인 시대에 영원을 노래하는 시인

이병철

(시인·문학평론가)

포스트모더니즘 연구로 잘 알려진 리오타르에 따르면 근대는 '커다란 이야기'가 지배한 시대다. 커다란 이야기란 사회 구성원들을 하나로 묶기 위한 법률, 제도, 이념 등이다. 20세기는 자본주의와 사회주의라는 두 커다란 이야기가 충돌한 전장이었다. 들뢰즈와 가타리는 커다란 이야기를 '나무'로 명명하면서 "나무라면 진절머리가 난다."고 했다. 커다란 이야기는 심층의 뿌리로서 가지와 열매, 꽃의 운명을 좌우하는데, 개인의 자유의지를 이데올로기나 집단적 거대 담론이 억압하는 사회구조가 이에 해당한다. 뿌리가 강력할수록 전체주의적 사회가 되기 십상이다.

나무의 통일성과 단일성에서부터 벗어나는 것, 즉 탈영토화와 탈중심화는 포스트모더니즘의 핵심이다. 들뢰즈와 가타리는 중심 뿌리로부터 영향받지 않는, 의미 작용 없이 단절된 개별적 다양체들을 '리좀Rhizome'으로 명명했다. 이질적인 것들끼리의 접속, 다양성, 비의미적 단절을 허용하는 리좀이 포스트모던 세계의 표상 방식으로 부상할 때, 지그문트 바우만은 리좀보다 더 자유롭고 더 개별적인 '액체'를 포스트모던의 물성으로 제시했다. 심층의 커다란 뿌리가 표층의 기호들, 즉 개인의 삶을 결정짓던 시대, 경제적 권력을 지닌 아버지에 의해 지배되던 가부장적 시대, 아버지로 상징되는 정치 이데올로기나 민족주의와 같은 전체주의를 강요받던 시대가 바로 20세기 근대이며, 그 육중한 '고체성'에서 벗어나고자 하는 모든 움직임이 탈근대성이라면 탈근대의 물성은 반드시 액체화되어야 한다고 주장한 것이다.

액체는 고체와 달리 한곳에 머무르지 않는다. 공간을 차지하는 것보다 흐르는 것을 중시하면서 끊임없이 유동하고 변화하는 게 액체의 속성이다. 그러므로 지속적이지 않고, 순간적이다. 지속에 무관심한 채 순간을 사는 액체적 삶에서는 시간마저 파편화되고, 공동체는 자연스럽게 해체된다. 지그문트 바우만이『액체 근대』에서 현대인들에게 액체처럼 살 것을 주문하면서도 "영원성에 무심하고 지속성을 회피하는 문화를 상상하기란 어렵다. 인간 행동의 결과에 무심하고 그러한 행동이 타인에게 끼치는 영향에 대해

책임지는 것을 회피하는 도덕을 상상하는 것도 그만큼 어렵다."고 우려한 속사정이 바로 여기에 있다. 개인적 삶이 보편화되고 공동체가 해체되면서 위로와 연대, 포용이라는 이타적 감각이 실종된 시대, 한 울타리 안의 이웃이 사라지고 오직 이방인이 다른 이방인들과 철저히 격리되는 시대는 리좀도, 액체도 바라던 바는 아닐 것이다.

　김성철의 문제의식은 여기서 출발한다. 그 자신 근대에서 탈근대로 넘어가는 물결에 속한 현대인이라는 자각 가운데 제법 타당해 보이는 포스트모던적 삶의 방식에 의구심을 품는 것이다. 1930년대 이상李箱이 김기림에게 보낸 편지에 "암만해도 나는 19세기와 20세기 틈바구니에 끼여 졸도하려 드는 무뢰한인 모양이오. 완전히 20세기 사람이 되기에는 내 혈관에 너무도 많은 19세기의 엄숙한 도덕성의 피가 위협하듯이 흐르고 있소."라고 쓰며 전근대와 근대 사이 혼란감을 토로한 것처럼 김성철 역시 20세기 근대와 21세기 탈근대 사이에서 정체성의 혼란감과 함께 복잡한 양가감정을 느낀다. 다양성과 이질성, 소수성이 존중되며 개인의 자유의지와 개별성이 억압받지 않는 탈영토·탈중심 사회로의 전환은 환영할 일이지만 공동체의 해체와 그로 인한 이타적 감각 상실, 지속성의 종언 및 경험의 축소는 결국 인간을 왜소하게 만들 것이기 때문이다.

당신이란 개념이 나를 무너뜨리는 것 같아

당신은 영역을 뺏는 서구 같고

영역을 뺏긴 채 민족에게 총부리 겨누는

밀정 같아

나는 나치의 강을 건너는 순박하고 순박한

유태인처럼 치장을 했을 뿐

21세기는 20세기를 건넌 수고라고 말할 뿐이야

—「세계사를 바라보는 개인의 입장」 부분

"영역을 뺏는 서구"는 19~20세기 서양 강대국들의 영토 정복 경쟁을 떠올리게 한다. 근대적 시선에서 원주민들이 거주하는 땅들은 '비어 있는 공간'으로 보였으며, 원주민들이 삶을 영위하는 방식은 미개하고 야만적인 것으로 여겨졌다. 제국들은 그 빈 공간과 야만을 도저히 방치할 수 없는 '비정상'으로 간주하고는 벌목과 간척, 학살과 추방을 통해 도시를 지었다. 제국주의라는 커다란 이야기가 저지른 끔찍한 폭력이다. 이 커다란 이야기는 "민족에게 총부리 겨누는 밀정"들에게 동족상잔의 상처를 입히고, "나치의 강을 건너는 순박하고 순박한 유태인" 600만 명을 죽였다. "당신이란 개념이 나를 무너뜨리는 것 같"다고 화자가 말할 때, "당신이라는 개념"은 곧 파시즘이나 좌우 이념 따위 이데올로기를 가리킨다. 그 육중한 무게에 짓눌려 무너지면서, 우리는 간신히 살아남아 21세기에 왔다. "21세기는 20세기를 건넌 수고"가 되려면 20세기의 '개념'들이 다시 반복되어서는 안 된다. 20세기적 개념들이란 자본 논리, 생산의 우위, 정치 이념, 민족이나 국가 같은 전체주의, 강요된 공동체 의식 등이다. 김성철은 이 개념들에서부터 탈주하고 싶어 한다.

모르는 사람을 앞에 두고
하소연했으면.
앞에 앉은 이는 날 모르니
내 말도 모를 테고
나는
엉엉 울며 모든 걸 털어놨으면

거짓과 위선을 먼저 털고
가식과 치장을 이야기하고
약함과 허울된 성을 주절거리며
앞 이의 눈에 눈을 맞추면

공감 없는 눈빛을 마주하며
내 생이 틀렸음을 자각하고
이 생이 어서 빨리

저 생이 되었으면

이제 "한때 덩치 키웠던 계절은/ 따귀 맞은 사내처럼, 한 탕질 실패한 거간꾼처럼/ 결국/ 웅크린 채 소멸을 기다리고 있"(「계절을 바꾸는 비」)다. 근대가 거의 소진된 지금, 덩치 큰 20세기의 숨 막히는 무게에서 겨우 벗어난 21세기 현대인들은 리좀이 내세우는 이질성과의 연결이라든가 액체의 무한한 수용성 따위를 내면화할 여유가 없다. 탈영토와 탈중심은 전체주의적 이념에서부터 자유로워지자는 것인데, 완전히 곡해되고 있다. 포스트모던 공동체란 동질성의 원리로 타자성을 배격하는 게 아니라 너그러이 수용하면서 다채로운 혼종을 이루는 것이다. 그러나 도시인들은 타자와 교류하되 자칫 공동체로 전환될 수도 있는 지속적 교류는 거부한다. 타자와 나는 완전히 구분되어야 하며, 각자의 영역과 경계가 분명하게 유지되어야 한다. 개인주의가 보편화된 시대에서 사람들은 예의라는 적당한 가면을 쓰고 타인과 함께 있되 결코 섞이지는 않는다. 타자와의 접촉을 피해 공동체의 탄생과 확산을 막는 것이 오늘날 도시 사회의 과제다. 도시라는 공간은 다양성과 이질성이 서로 어우러지는 장소같이 보이지만, 실제로는 물과 기름처럼 섞이지 않는다. 도시에서 함께 산다는 것은 서로의 영역을 침범하지 않는다는 의미다. 이제 '공존'의 의미는 차라리 각자도생에 더 가깝다.

문제는 인간이 사회적 동물이라는 데 있다. "자아는 주체가 아니다."라는 라캉의 명제는 자아란 나르시시즘의 산물에 불과하며, 개인은 결국 타자와의 관계를 통해 진정한 자아 정체감을 확립한다는 사실을 지시한다. "나는 너와의 만남을 통해 내가 된다."던 마틴 부버의 말도 같은 맥락이다. 타인으로부터 존중과 이해, 인정을 받고 싶은 욕망이 인간에겐 내재되어 있다. 공동체가 해체된 사회에서 현대인들은 집단적 소비 유행이나 대중문화 등에 참여하면서 공동체에 대한 찰나적 복원을 시도한다. 겉으로는 안 그런 척하지만 다들 외로운 것이다. 『고독한 군중』을 쓴 데이비드 리스먼은 자본주의 사회의 인간은 타인의 생각과 관심, 유행에 집착하며 집단에서 외톨이가 되지 않으려 애쓴다고 말했다. 현대인들은 타자와의 교류를 성가셔 하면서도 고립과 소외에 대한 불안으로 언제나 괴로워한다. 인기 가수의 콘서트장에 모인 사람들은 서로 한마디도 나누지 않고 노래만 따라 부른다. 남들 다 하는 유행에 속해 있다는 안도감은 무대에 불이 꺼지는 순간 함께 스러져 버린다. 일회성 군중은 해체되고, 개인들은 다시 일 인분의 고독과 소외를 안고 저마다의 암흑 속으로 걸어 들어간다.

옷 입고 나가려다

갈 곳이 없다는 걸 알았다

갈 곳이 없고 만날 사람이 없고

누군가에게 물을

안부가 없다

       —「단한」전문

"갈 곳이 없고/ 만날 사람이 없고/ 누군가에게 물을 안
부가 없"는 세상에서 시인은 현대인들에게 짙게 드리운 소
외의 그늘을 본다. 공동체 해체와 관계 상실의 시대는 사람
들에게 "집이 멀고/ 집이 참 멀고/ 뒤돌아 갈 곳은/ 없"는
고독과 권태를 주입해 "아무래도 이번 생의 계절은/ 빈집
같은 계절"(「어느 흐린 계절」)이라는 극도의 허무주의에
도달하게 한다. 도시 중의 도시 강남은 서울에서 고독사가
가장 많이 발생하는 지역이다. 김성철은 현대사회를 "이 허
하고 허한 시간"(「사념의 시간」)으로 규정한다.

1. 출근

정신없이 출근하는 사람들의 꼬리를 밟으며 동행, 누군가 함께 걷는다는 건 설레지만 지리멸렬한 일

마트 앞 냉동 탑차, 식용 돼지들이 바닥에 흘린 피를 빨아들이고 있었다

죽었으나 살고 싶은, 누웠으나 다시 제 몸을 일으키고 싶은 본능

벌건 피가 뚝뚝 동질감처럼 떨어지고 있었다

2. 은행나무 정거장

거대한 은행나무가 정거장의 천장을 뒤덮고 있었다

마을버스는 고개 숙인 채 은행나무 겨드랑이 속으로 진입 나도 마을버스 따라

고개 꺾고 진입 세상엔 고개 꺾을 일이 얼마나 많은가

3. 통지서

첫 출근 회사로 들어서자 모든 직원이 물청소 중이었다

낡은 구두 뒷굽에 들앉은 희망이 젖을까 물을 피해 뛰었다

대부분 나를 보고 의아해했으나, 누군가 뜻 모를 암구호로 나

를 설명했다

　나는 정체불명의 암구호

　일흔이 넘은 의료 기기 사장은 문장의 중요성에 대해 누누이 강조했다

　친숙하지 않은 전문용어처럼 나는 불그레한 낯빛을 뚝뚝 떨구고 있었다

　언젠가

　정리 해고 통지서를 받던 날도 이러한 아침이었다

　　　　　　　　　　　　　　　　─「서울에서 보낸 한 철」 전문

　소비 유행이나 대중문화에 일회적으로 참여하는 것 말고 현대인들이 타자와의 동질감을 느끼는 순간은 사회 구조의 폭력에 함께 난도질당할 때다. "정신없이 출근하는 사람들의 꼬리"에 속한 채 "함께 걷는다는 건" "지리멸렬한 일"이지만 "낡은 구두 뒷굽에 들앉은 희망이 젖을까" 그 동행에 "고개 꺾고 진입"해야만 한다. 그렇게 '서울'에 간신히 편입된 순간, "나는 정체불명의 암구호"로 익명화, 사물화되어 개인의 주체성을 상실해 버리게 된다.

　무거운 근대에서 가벼운 근대로의 전환에 가장 민첩하게 반응한 것은 기업이다. 증원이나 고용 확대를 통해 회사 공동체를 불리는 일 따위가 4차 산업 혁명 시대에서 도

태로 이어진다는 사실을 그들은 미리 알고 있었다. 그래서 감축, 감원, 분할 경영 등 몸집 줄이기에 열중했다. 새로운 산업 구조에 발 빠르게 적응하려면 몸이 가벼워야 하고, 그러려면 모든 종류의 결속을 끊어야 하는데, 가장 손쉬운 방법이 고용을 줄이는 것이기 때문이다. 오늘날 노동 현장은 디지털, 인공지능, 기계가 인간을 대체하고 있다.

화자가 "서울에서 보낸 한 철"은 "정리 해고 통지서를 받던 날"로 종결된다. "벌건 피가 뚝뚝 동질감처럼 떨어지"는 대규모 구조 조정에 버려진 근로자들은 "마트 앞 냉동 탑차, 식용 돼지들"과 같은 처지가 된다. '포드주의'와 '테일러리즘'이 인간을 거대한 기계의 소모품으로 전락시킨 20세기 '모던타임즈'나 가볍고 즉시적인 움직임을 추구하며 인간을 덜어 내야 할 지방 덩어리로 여기는 21세기 4차 산업 혁명 시대는 똑같이 폭력적이다. 그 폭력의 결과 청년들의 고용 불안, 양극화 갈등, 경기 침체로 인한 가족공동체 붕괴, 내일을 믿기보다 순간적 삶에 집착하는 사회 풍조가 만연해졌다. 요즘 청년 세대에게 드리워진 비난의 칼끝에는 "책임감이나 공동체 의식이 없다."고 적혀 있다. 하지만 그럴 수밖에 없는 것은 상부에서 하부로 내려오는 구조가 책임질 공동체 자체를 만들어 주지 않고, 지속 가능한 미래를 보장해 주지 않기 때문이다. 이 비정한 시대에 "나나 당신이나/ 아픈 건 마찬가지"(「감기」)다.

─별일 없지?

─응……, 별일은 뭘까?

─밥이나 한 끼 하자. 우리 밥 먹은 지 오래다.

한참 울었다

우리는 오래다

─「별일」전문

　시대가 잃어버린 공동체적 감각은 각자도생 사회의 경계에서 밀려난 이들에 의해 희미하게나마 복원된다. "별일 없지?"라는 안부 인사마저 어려워진 세상에 "우리"는 너무도 오래된 추억이다. 시인은 "밥이나 한 끼 하자"며 타자를 향한 이해와 위로의 감각을 되살리려 한다. 음식을 먹는 것은 사회적인 행위다. 외부의 물질을 똑같이 몸속으로 들인다는 점에서 유대와 결속의 의미를 갖는다.
　역설적이게도 가벼움, 즉시성, 합리성, 개별성을 중시하는 탈중심적 세계상이 심화될수록 구시대의 유물로 폐기된 지 오래인 공동체가 다시 재생되기 시작한다. 한국 사회는 물질적 풍요를 이루었고, 물질적 풍요만큼 사회 인식도 높아져 이제는 약자나 소수자 등 이질적 대상들을 수용할 수 있는 다양성의 시대가 된 것처럼 보이지만 오히려 사람들의 욕망은 점점 더 획일화되고, 인격은 협소해지고 있다. 포스트모던의 진정한 기치는 사라지고, 타자를 모르는 폐쇄적 욕망만 남는 중이다.

윤동주는 「팔복」의 마지막 문장을 "슬퍼하는 자는 복이 있나니 저희가 영원히 슬플 것이요."라고 썼다. 멀찌감치 관망하는 자의 손쉬운 위로가 아니라 슬퍼하는 자들 속으로 들어가 그 슬픔에 영원히 참여하겠다는 것이다. 시인은 "우리"라는 말을 울음으로 토해 내며 아픈 사람이 아픈 사람을 돌보고, 가난한 사람이 가난한 사람을 돕고, 늙은 사람이 더 늙은 사람을 보살피고, 외로운 사람이 외로운 사람 곁에 있는 아브젝트들의 연대를 통해 공동체의 기억과 사랑의 감각을 되살리려 한다.

지붕 위에 얹은 어금니를 떠올린다
내 나이만큼 같이 늙어 있을 너를 생각해
생각에 생각이 앉고
앉은 생각 위로 또 생각이 없어질 무렵
억수 같은 비가 내려
그 비를

호젓하게 가로지르는 쓸쓸함

내일은 일찍 일어나 전화를 해야지
내가 듣는 빗소리를 고스란히 담아
네게 전해야지

—「지금, 장마」 부분

지그문트 바우만은 개별의 물방울로 뿔뿔이 흩어진 채 찰나적 삶을 사는 현대인들에게 "과거에 대한 기억과 미래에 대한 신뢰"를 잃지 말자고 강조했다. 김성철 역시 순간적인 삶에서 지속적인 삶으로의 회귀를, 개별적 삶에서 공동체적 삶으로의 복귀를 우리에게 제안한다. "지붕 위에 얹은 어금니"는 과거 평화롭던 가족공동체 시절의 추억이다. 어제와는 단절하고 내일은 믿지 않는 것, 오직 순간을 사는 것이 현명한 삶의 방식으로 적극 권장되는 오늘날 시인은 오히려 어제의 낡고 오래된 것들, 잊혀져 가는 것들을 호명한다. 그렇게 "내 나이만큼 같이 늙어 있을 너를 생각"하는 순간 "내일은 일찍 일어나 전화를 해야지"라는, 내일을 향한 기대가 생긴다. 어제로부터 온 것들을 오늘 사랑하며 또 오늘의 마음을 내일로 전하는 '지속'에 대한 믿음이야말로 인간을 한 개인이 아닌 '인류'로 계속 살아오게 한 힘이다.

그런 면에서 「주곡리 신상 마을에서의 120일의 기록」 연작은 매우 의미 있는 작업이다. 서사가 불가능해진 시대에, 거대한 이야기가 몰락한 시대에 개인의 미시적인 작은 이야기를 커다란 서사의 형식으로 풀어내면서, 개인을 보편으로, 순간을 영원으로, 지속 가능한 무엇으로 만들어 내는 뚝심을 보여 주고 있기 때문이다. 그 과정에서 시인은 "선운사에 들러 고요한 산사 소리에 귀를 맡기기도 했고 개울가에 한참 동안 말없이 앉아 있다 오기도 했다. 어느 날은 무장읍성에 들러 관아에 앉아 보기도 하고 무장객사 마루 결을 쓰다듬기도 했다. 오랫동안 성곽을 걸으며 동학농민운동에 관해 깊은 이야기를 나누기도 했고 당대 민초들의 삶을 가늠해 보기도 했"(「주곡리 신상 마을에서의 120일의 기록」)다. 지속에 대한 믿음은 어제와 오늘 사이 끊어진 연결을 복구하는 데서부터 출발한다.

시인은 "그 이발소엔 내 나이보다 더 많은 편안과 많은 이들의 기억의 풍경이 쌓여 있다 느티나무 한 그루와 그보다 더 긴 세월을 지닌 풍경화가 걸려 있는 것"(「그 집엔 오래된 풍경화가 걸려 있다」)을 본다. 또 "들녘 바람과 논두렁에 널린 볕과/ 우두커니 서서 내리는 비와/ 흙 딛는 농부의 장화 소리"(「김제평야」)를 듣는다. 지속성이 불가능해진 일회성의 시대에 여전히 영원을 믿는다. 김성철의 시에서 어제와 오늘과 내일이 나란히 놓일 때, 현대의 수직적 시간은 수평적 시간으로 재편된다. 수평적 시간에서는 과거와 현재, 미래의 시간 구분이 무화되며, 어제와 오늘과 내일이 모두 영원 안에 통합된다. "어제부터 온 눈물이 오늘을 지나 내일로 함박 함박 쌓이고/ 어제부터 온 오늘의 내가 내일 올 너를 보며 또/ 울고 있었다"(「어제 오늘 내일」)고 시인이 노래할 때, 어제로부터 온 눈물이 내일로 흐르는 사랑과 연민의 지속은 나와 너, 우리의 공동체를 당대 너머로까지 확장시킨다. 과거의 기억 속 가족과 이웃 공동체의 정을 오늘로 데려오고, 그 애틋한 이타적 정신을 내일로 옮겨 가는 것은 "나에게 놋주발보다도 더 쩽쩽 울리는 추억이 있는 한 인간은 영원하고 사랑도 그렇다"(김수영, 「거대한 뿌리」)던 시구처럼, 영원의 문학적 실천이 된다.

풀밭이란 말에서 달 내음이 난다

짧다는 것을 알기 시작했다
나는
당신에게서 짧고
시간에 짧고
세금계산서에 짧다

풀밭이란 말에서 달 내음이 난다

나는 흔한 풀이고

흔한 풀이 받는 달빛이고

달빛이 세리가 되어
허락되지 않는 세금을
징수하는 일

나는 현세의 세입자

어느 날
당신의 말마다
독한 소주 향이 났다
당신도 나를 따라
세속적이라는 말

쌓이는 세속이 나도
모르게 쌓이고 쌓인

　　　　　　—「풀밭이란 말에서 달 내음이 난다」 전문

　하지만 김성철은 무작정 영원을 믿는 대책 없는 로맨티
스트가 아니다. "나는 현세의 세입자"라는 분명한 자기 인
식은 시인으로서 또 한 사람의 사회인으로서 그가 근대와
탈근대 사이 아슬아슬한 줄 위에서 추락하지 않고 걷도록

균형을 잡아 준다. 현대시의 시초인 보들레르는 "우연하고 일시적인 것에서 영원성을 길어 올리는 정신"을 근대성이라고 선언했다. 오늘날을 채우고 있는 순간적인 것, 일회적인 것, 모든 현대적인 것에서부터 영원하고 항구적인 예술적 가치, 즉 미美를 추출해 내는 것이야말로 현대 예술가의 과제로 본 것이다. 김성철은 세속을 외면하지 않는다. 현실에서 발을 뗀 채 무위자연無爲自然이나 유유자적悠悠自適 같은 낭만적 세계를 노래하지 않는다. 현세의 세입자인 그는 "쌓이는 세속이 나도/ 모르게 쌓이고 쌓인" 도시의 시간 속에서 "흔한 풀"처럼 평범하고 왜소한 현대인이지만 "흔한 풀이 받는 달빛"이라는 미메시스를 포기하지 않는다. 그때 "당신에게서 짧고/ 시간에 짧고/ 세금계산서에 짧"은 오늘날의 일회성, 순간성, 파편성 가운데 "풀밭이란 말에서 달 내음이 나"는 아름다움이 환하게 떠오른다. 세속은 짧지만 달빛은 영원하다. 순간적인 시대에 세 들어 살면서도 저 아득한 영원을 노래하는 김성철의 시가 바로 그 달빛이다.

풀밭이라는 말에서
달 내음이 난다

초판 1쇄 발행 2023년 9월 22일

지은이 김성철
펴낸이 이계섭
책임편집 박찬세

펴낸곳 (주)백조
주소 경기도 화성시 남여울3길 19 201호
출판등록 2020년 8월 14일
전화 031—8015—0705
팩스 031—8015—0704
E—mail baekjo1120@naver.com

값 12,000원 ISBN 979-11-91948-14-1(04810)